睡在溪边的鱼

王峰／著

南方日报出版社
NANFANG DAILY PRESS
中国·广州

图书在版编目（CIP）数据

睡在溪边的鱼 / 王峰著. -- 广州 : 南方日报出版社，2015.7

ISBN 978-7-5491-1291-3

Ⅰ. ①睡… Ⅱ. ①王… Ⅲ. ①诗集—中国—当代 Ⅳ. ①I227

中国版本图书馆 CIP 数据核字(2015)第 161970 号

SHUI ZAI XIBIAN DE YU

睡在溪边的鱼　　王峰 著

出版发行：南方日报出版社

著　　者：王峰

地　　址：广州市广州大道中 289 号

电　　话：（020）83000502

经　　销：全国新华书店

印　　刷：广州汉鼎印务有限公司

开　　本：787 mm×1092 mm　1/32

印　　张：5.25

字　　数：3.8 千字

版　　次：2015 年 7 月第 1 版

印　　次：2015 年 7 月第 1 次印刷

定　　价：36.00 元

投稿热线：（020）83000503　读者热线：（020）83000502

网址：http://www.nfdailypress.com/

自序　烟火人生

试问闲愁都几许？一川烟草，满城风絮。不知何时起，每每秋深露重，望着夕阳穿篱，望着皓月当空，浩荡的秋思和剪不断的乡愁让我彻底忘却了酷夏那一季的蓬勃。

怅惘千秋一洒泪。也许，一叶梧桐引来了万里悲秋，一抹夕晖望断了碧水长天，一字归雁带走了游子的呼唤。烟火人生此刻变得如此深刻，如此隽永……如李清照所言：东篱把酒黄昏后，有暗香盈袖。莫道不销魂，帘卷西风，人比黄花瘦。

人生况味，不如意十之八九，曲曲折折，虬劲苍健，但命运多舛往往会造就些许传奇，凄切婉转的故事使得烟火人生韵味十足，悱恻无限。

回看诗仙词宗，那些撩人揪心的佳作无不在奔波流离、深陷囹圄的境遇中泣血而成，柳永的《雨霖铃》、李清照的《醉花阴》、李商隐的《暮秋独游曲江》、杜甫的《秋兴八首》，还有宋徽宗赵佶、南唐后主李煜等词人的作品，时而让人扼腕惜叹，时而让人热泪满眶……

当代的繁华使世人的心更加落寞荒芜，让惆怅眺望变得更加稀缺离奇。一个电话，一则短信，可以把满腹言语一倾为快，再不用借物咏志，再不用借酒消愁，高科技和互联网把人与人的感情变得如此轻易被消解，诗意不再。父母在，可远游；美色在，可轻友。总觉得近在咫尺，其实心早已在天涯，索索的心事，不须再冷对斜阳，望断一生憔悴，也不再须黄昏凭栏。

有时我飞越九州，横跨万里江山，看波谲云诡的苍茫大地，河水流千古，高山雄万年，满目苍翠，满目昏黄，旧时的关山依旧，南国的烟雨满船。可我在天地间浮游的心，却再也无处安放。

生命如寄，飘忽天涯，寥寥几句，片言只语，拼凑出心底的呼喊，人如水草，童心如萍。浮萍漂泊，本已无根，天涯游子，君莫再问。

一沙一世界，一树一菩提，这就是我当下的烟火人生。

王峰

2015年5月

目 录

三万英尺的诗意
/ 001

海岛
/ 003

海岛 / 004
过年 / 005
手 / 008
麦田 / 011
雨 / 013
燕子 / 015
悟空 / 017

睡在溪边的鱼 / 019
飞翔 / 020
优雅 / 022
驾驶舱 / 024
国际航班 / 026
非常家庭 / 028
夜航 / 030

在天高云淡的光阴里

/ 033

石头的谚语 / 034
忘却 / 035
真水无香 / 037
老魏船长 / 039
远行 / 040
归来 / 042
月亮湾 / 045
妻子 / 046
绵羊 / 047

秋雀 / 048
生活原来是这样 / 049
思念 / 051
节点 / 052
吹喇叭的老者 / 054

不是归人，是过客

/ 055

出走 / 056
四月 / 057
海浪 / 059
洁白和深蓝 / 060
APEC蓝 / 063
从容 / 066
真实的我 / 067
一脚踏空 / 069
罂粟花的红 / 071
打马走过 / 073
晚装 / 075

冬日的鸟巢 / 077
回家 / 080
下裳上衣 / 082
道路 / 083

江湖夜雨十年灯

/ 089

南山冬晚万籁寂

/ 091

天净沙•残垣 / 092

飞越鼓浪屿 / 093

白月光 / 094

鸟瞰金门岛 / 095

如梦令•远航 / 096

如梦令•南普陀听海 / 097

江湖 / 098

江湖忆项王 / 099

南山冬晚 / 100

深秋太阳树 / 101

仲秋 / 102

春夜宿泰山 / 103

南国凭栏 / 104

满目河山空念远

/ 105

柳暗待花明 / 106

清平乐·春 / 107

紫色风铃 / 108

卜算子·故园 / 109

梦回大唐 / 110

晴朗 / 111

天净沙·路上 / 112

四季桂花 / 113

悟 / 114

夏日清晨 / 115

又见中秋月 / 116

轮回 / 117

杨花点点离人泪

/ 119

清平乐·清明 / 120

祭思祖父 / 121

离人泪 / 122

两地书 / 123

团圆 / 124

雨夜北京 / 125

感殇 / 126

重阳 / 127

岑寂的深秋 / 128

夜航云中感喟 / 129

战鹰 / 130

战友重逢 / 131

铁翼醉舞绘蓝天

/ 133

黎平印象 / 134

夕烟常家 / 135

南非游桌山 / 136

游好望角 / 137

重阳·黄河 / 138

临江仙·黄河 / 139

厦门印象 / 140

济南初春 / 141

如梦令·晨游西湖 / 142

秋思 / 143

暮春南部山区感怀 / 145

飞越普陀山 / 146

倾城 / 147

同在蓝天下 / 148

山航廿年 / 149

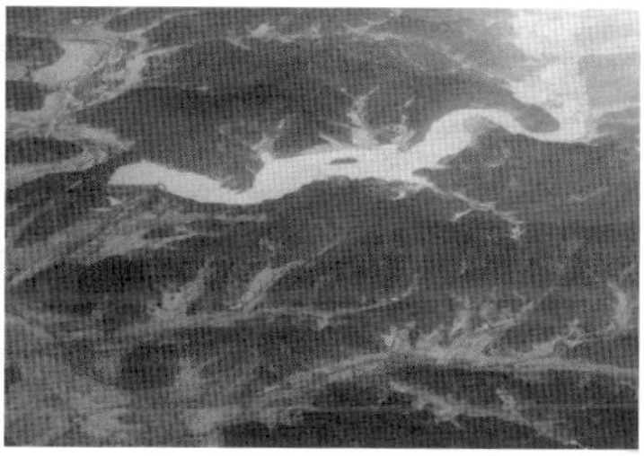

三万英尺的诗意

人与人的情缘，人与物的情缘，最长不过百年。在世间走了一趟，哪怕过了奈何桥，喝了孟婆汤，再见，亦会似曾相识。我和飞机，蓝天醉舞二十多年，一样的铁翼，一样的热血，一样地热爱着广袤的无际蓝天。

旧物不言，时光惊雪，走过的路，踏过的桥，翻越过的山山水水，经历过的故事，积淀下来的回忆不会轻易消逝。鹰，灵性的飞机；飞机，灵性的鹰。在飞花日影中，随我，随你，随风……

海岛

常常一个人，怅惘面对大海茫茫，若隐若现的小岛，如一个天涯过客，寄宿在茫茫的无际水域。于寒凉的秋夜，听着涛声阵阵。海岛，如海之瑰宝的礁石，驻守着寂寞，聆听着寒暑。触手可及，却又缥缈虚无。萦绕在眼前的红尘往事，漫漫淡泊着过往无际的潮起潮落。无奈被些名利缚，无奈被他情耽搁，可惜风流总闲却。

世情混浊，但海岛见证了沧海桑田的变迁，守望着夏日葱茏的翠意，也体味着冬季苍凉的寂寥。它的包容和坚强伴着海水逶迤千年，明月亏圆。

海岛

海水退了，
你成了坚强的岛。
海水又来，
你隐忍了汹涌的潮。
你哭起来了，
我左右腾挪。
你笑了，
我又成了你的骄傲。

春天来了，
你听到了海鸟的鸣叫。
冬季走近，
你又准备了满目的萧条。
你是海岛，
大海的骨骼。
你是海岛，
海鸟的家巢。
你是海岛，
百帆的灯塔。
你是海岛，
龙王屋顶的瑰宝。

过年

小时候堂屋的门是木门，
门缝总是漏着风，
半夜风的呻吟挤着门缝，
疯了一样。
我感觉爷爷的被窝，
严严地裹着温暖。

冬天的饥饿总是熬不过严冬，
可能素食能量不行，
锅盖下的蒸汽和我的唾液，
一直商量着吃的时间。
妈妈手里的风箱节奏像大河之舞，
我的眼睛没有寒冷。

爆竹在家乡叫“炮声”，
家乡的土话好听。
整个腊月都浸淫在制造洋火枪中，
腰里别着家伙，
走路都像杨子荣。

除夕起床很早，
我走着做梦，

可父母从来都是虔诚地祷告。
新鞋也冻脚，
我对着长辈们生疏地跪倒。

猛兽在烟火隆隆中咆哮，
年最终在村民的吆喝里逃进了深山。
我的红脸蛋开始睡意缭绕，
从前就这点出息，
累了就睡，
饿了就闹。

如今过年不再是期盼，
四季生长出翅膀，
今夕的玫瑰，明天的芍药，
反正该又是春天了，
诗意再也找不到闲逸的韵脚。

几十年的光阴没啥好说的，
心里总记着童年的新棉袄，
对垒着时间总是在输个不停。
父母盼着团圆，
嘴里却总催着我们远行，

城里再好也要坚守在冷得跺脚的老院中。

一大把名片洗漱着我内心的孤独，
醒来的清晨一阵阵想哭，
酒桌上的感情日渐荒芜，
惺忪的目光游离在模糊的乡土。
从前想法子逃离的村路啊，
待我白发归来时，
亲人们还会不会，
呼吸在这方曾经鞭炮轰鸣的热土？

手

很小的时候，
妈妈粗糙的手刚刚抬起，
我不争气的脸便梨花带雨，
因为我的试卷令人汗颜。

当脸上渐渐冒出了坚强的胡须，
妈妈却慢慢佝偻了身躯，
她不那么优雅的手，
在我面前也不再抬起。

我如今已经常西装革履，
可妈妈脸上的皱纹啊却去了又来，
渐渐弯曲的手，
又悄悄藏在袖子里。
五星红旗的歌声谁又唱起？
妈妈不懂音律，
可她用信心的手捋了捋额前的头发，
胸膛挺立。

我慢慢也想到了死亡的事情，
妈妈也会悄悄离我和家人而去，
那双手不再有力。
可我在清明节，

会是怎样的痛苦和迷离？
前些天我为她买了件新衣，
妈妈看了又看，
手里不是欢喜，
而是对价格的争议。
我已经多年没握过妈妈的手，
她也再没抹过我深夜垂下的泪滴。
偶尔我也曾遐想，
童年的我哪曾离开过她的偎依。
如今我的头发也白了几许，
可她的目光总盯着那里。
看着那双怅然若失的手，颤颤的手，
我固执的心里早已注满哭泣。

我也会经年老去，
浑浊的眼泪淹没了沧桑。
朦胧中的那双手啊，
会否不再熟悉？
我突然间想起，
妈妈曾经的亮丽。
清风下的那双手啊，
也曾羞涩依依。
总会失去，

可我绝不会忘记。
小时候的我，
刚刚抬起的手里充满复杂的话语，
可不争气的我，
一任呜咽满地。
我不想失去。

麦田

老支书脸上已滑落半塘春水，
多情的云朵仍然流盼于江南芳菲。
麦子急着抽穗，
汗珠燃烧着脊背的黝黑。
干涸继续在蜿蜒曲折，
鹰眼里流干恒河的泪，
那可是一野的希望啊。
大榆树安慰着啼血的子规，
槐花清香打湿了闪婆的经幡，
几湾清流嚷嚷着四月的派对，
绿色瞬间读懂了村民的饥饿。
旱烟袋开始了悠闲的绰约，
鬼故事撑大了恐慌的疑问。
麦田安稳了一季忙碌的心，
脸盆大的月亮吹弹可破。
在外盖房搬砖的汉子总不失约，
步履再远也会经年回望。
清风时时吹送老院的槐香，
票子再多也要捡起颗粒。
麦场里的夜话总是里短家长，
多年后的良心走失了经纬。
富足掩埋了麦田的悲催，
饕餮大胃贪婪着世上的珍馐。

罪恶铁锤抡向囹圄里的猴头，
麦粒在体内开始转移。
白布单听到了最后的呼吸，
肚子大到已不能给老支书下跪。
半土半洋的乡普拗歪了嘴，
麦秸秆再也烧不成锅底的灰。
旱烟袋佝偻在阶下听水，
一野碧绿逝远忙碌的背。
隆隆水泵浇灌着造纸厂的污水，
麦子在春天依然默默抽穗。
希腊夜莺挥别中弹的子规，
麦秸垛顶不再有童年的露水，
四月挂满一脸憔悴的星晖。
故乡给了我廿年的青黄，
麦芒刺痛着我一世的忧伤。
结结实实的大馍馍，
颤颤滑过我干黑的小手掌。

雨

七岁时候的雨很大很大，
轰轰隆隆，
杨树叶被打得东倒西歪，
几只蚂蚱跌落了青秫秸，
我呼吸着土和麦茬的香。
水从村头汇集成河，
沟和壕里都盛满了雨。
百家争鸣，
英俊的青蛙和闭着眼的蛤蟆，
知了也百无聊赖地时断时续，
彩虹弯曲在村子的西头，
我看到二大爷家的猪正在游泳。
冬季台北的雨是歌，
黄胶鞋粘着泥泞，
水里溅起的浪花韵和着荷尔蒙的
　汹涌。
我在军营里打坐，
眼睛半开半合，
云朵幻化成一只滑翔的鹰。
飞机躲藏着窗外的雨，
雷达荧屏上挤满红红绿绿，
几道闪电抽搐着裂开，
攀岩的水流隔着玻璃。

我心里住着遥远的苏格拉底，
镶着金边的黑色奔向干涸的大地。
心的雨深夜里一阵阵袭来，
泼泼散散。
花布窗帘隔不开昏黄的路灯，
高高的天花板不是ceiling。
梦在忽明忽暗中钻进了简陋的帐篷，
雨落在脸上失去了灵魂。
二大爷家的猪应该游上了岸，
雨仍然飘飞在故乡的云层。
牛粪里的那朵蒲公英，
是不是还在凝望着离家的背影？
彩虹装扮着老屋的西山脊，
时光走远了而我还站在这里。

燕子

北方故乡的燕子中庸，
和人类若即若离。
猛禽住在高山密林，
家门总对着枪口。
画眉只顾着唱歌，
却把一生交给了笼子。
故乡的燕子质朴，
屋梁上的巢穴像子宫一样安静。
三月春光潋滟，
白发像风的原貌保持着吹拂。
农田里热火朝天，
挥洒着整个冬天的热量。
燕子和小溪，
两个黑眼珠和一江春水流。
风把河堤上的柳枝吹软，
剪尾呼啦着嫩黄。
皱纹忽略了满川的桃红李白，
坡上偶尔几声耕耘的细鞭。
雨落地前燕子和蜻蜓飞得很低，
几乎贴着蜿蜒的闪电。
大地瞬间有了诗意，
扑哧扑哧的水点在干旱中慢慢沉迷。
燕子不会引颈向晚，

思念总发生在日暮的河边。
旅人最怕梦到故园的落英，
邻家女孩发梢是否还系着那段红绳？
春泥和春燕是一对姐妹，
不管是在溪边还是房梁都会一同呼吸，
孕育了一生的友谊，
收藏在比梦还遥远的梦里。
秋天注定是个辜负的日子，
燕子辜负了老屋的梁，
落叶也辜负了一季的生长，
可是从来两不相忘。
天空只剩下深蓝和深呼吸，
房梁也彻底安静了，
对着曾经穿梭的窗棂咂吧一下嘴，
冬季太长了。

悟空

青稞燃烧出五谷的水，
左手埋怨着右手的杯。
时间改变了方向，
嗅出辛追夫人的眼泪。
窗对着床，
床前躺着千年前的月亮。
风撩起布帘一角，
窗俘获了几点失眠的星光。
不知哪年没了晚钟，
空灵的渔火也跌进了烦躁的霓虹，
醉酒也没地方拄杖听海了。
焦灼的躯壳横在坚硬的半空，
灵和魂交替着出轨，
完全不顾瞳孔的圆睁。
生沽满天叽叽喳喳，
肖邦也弹不出《夜曲》的安静。
喜马拉雅梳洗着半山的雪莲，
热烈拖拽着梦境的红绳。
欲望和往生隔着一层玻璃，
墓碑就在对面的山峰。
删了蜿蜒曲折的座右铭吧，
青牛还在向西奔腾。
何为非常道啊？

老子笑眯了眼睛。
电梯通向珠穆朗玛峰顶，
惊落一行朝圣的鹰。
理想抓不住现实的风啊，
什么魔法能把世人的贪欲锁定？

睡在溪边的鱼

俯首看着你，
睡在溪边的鱼。
为何水近在咫尺，
却永远地睡去。

神用手指碰了碰，
鱼瞬间跳进影子里。
梦游一样，
听到了海草的叹息。

鱼已经有了睡意，
可是灵魂找不见遮光的眼皮。
想着曾经岸边的黄粱，
阿拉斯加到了雪季。

还是不如归去，
躺在岸边看流星雨。
亿万年前的先祖，
不也是在这里学会了呼吸？

鱼满满喘息着，
一只眼睛仰望着蔚蓝的水域。
枕着满夜的星光，
在溪边睡去。

飞翔

在天和地之间，
你是彩虹，
是流线，
是承载快乐的云片。

在大海和江河之间，
你是水鸟，
是海燕，
是远航着的桅杆。

在你我之间，
你是飞机，
飞行的船，
是我们自由的盘旋。

在未来的遥远，
你是理想，
是信念，
是祖国蔚蓝的从前。

天地，海天，
自由的盘旋。
祖国，江山，

永远美好的夕烟。

坚强，历练，
自由的盘旋。
警惕，强悍，
驱阻窥伺的狼烟。

优雅

马达轰鸣，
启动喷火的鹰。
优雅闭上了眼睛，
心安放于蓝天的鹰。

相识如风，
也如漂萍。
白云诱惑着深邃的鹰，
韵和着马达隆隆。

此刻正飞行，
三万英尺的高空。
奇妙的蛊惑虫，
抹动缥缈旖旎的梦。

放飞的思念，
也如缓缓飘逸的幽灵。
吹开了优雅的眼睛，
一帘，一梦。

又见迎面飞来的鹰，
同样迎着落日的残红。
轻轻挥一挥手，

平安，珍重。

北方的夜色渐浓，
渡鸦半眯着优雅的眼睛。
舞步踏出快乐的音符声，
他们见证过很多事情，
优雅，惺忪。

驾驶舱

自由的天空没有多大点地方，
没有争吵也没有躲藏。
没有耀眼的光芒，
没有乐感也没有浪漫。
没有度数的眼镜片，
左眼看着绿色，右眼看着红色。
尾巴的白色是虚构的，
心里渴望陪伴着一群飞鸟，
可更不愿窗角那一抹沾血的羽毛。
坐着世上最复杂的板凳，
捆着人间最坚固的绳，
再美的月色也只能一瞥，
再重的思念心里也只能一动。
屋里的人喝着屋外的茶，
天上人重复着地上人的话。
所谓飞翔的冲动，
只不过是一次有准备的远行罢了。
忧伤在日夜摇晃，
蓝和黑隔世茫然对望。
无法擦去的青苔，
无法停留的花开，
一切都睡在似乎忘记的书里。
安静是主人们的癖好，

哪怕轻微的叮咚。
几个英俊的死脑筋，
柔和地编织着平安的夜空。
左和右一同呼吸，
快和慢书写着蓝天的传奇。
飞行的房子啊，
丈量着心灵的潮汐。

国际航班

不同的语言诉说着平安的故事，
胶皮转动着彼岸的脉息，
如切如磋，
如琢如磨，
繁星思念着东方夜空的祖国。
屹立马扎罗把太阳安放在北方，
阿喀琉斯惆怅着迈锡神庙的月光，
耶路撒冷缩影远去的巴比伦之囚，
吠陀静默着雅利安的献祭场。

人类一百多年前生长了翅膀，
蓝眼睛飞越高高的鼻梁。
大西洋的冷漠游离着桌山的紫薇，
年年开花的铁树幻化成神秘的北极光。

国与国的边界无人守望，
看不见的航路通达着炊烟的故乡。
几曾灿烂的家园啊，都有夕阳穿篱，
海水汹涌着海水，
黑夜追赶着黑夜，
游子的步履永远匆匆忙忙。

文明沿着文明的轴心裂开，

哲人读懂灵魂逝去的迷茫，
疏桐挂着公元前的赞美诗，
我们的距离不在路上。

速度静止在深蓝的反光中，
颠簸呼应着赤道的椰风，
家模糊着出发和归来。
多年以后，
火星国际只不过是地球河流的奔腾。

非常家庭

微信在空中飞了很久很久，
晚安睡在朝霞的丛林，
灵魂问候着进来和出去的脸，
东方的轩窗一地春晖。

海水没有时差，
鱼儿总是跟跟随随，
岩石上刻画着风蚀的承诺，
悬浮在云端的憔悴。

慵懒的睡袍对着飘窗，
经年的普洱氤氲着拿铁的香，
钥匙还是精致的花开，
几曾月光伴着渔家晚唱。

后舱沸腾着青春的豆蔻，
噪声搀扶着一代人的盲从。
徒弟读着自己选择的青春，
师傅合十着无际的旅程。

家是永恒的安静，
靓丽拽着疲惫的风，
留言的纸笺内容依旧飘雪。

驻外连飞了，进场了，
困顿淹没了无奈的星空。

恍恍惚惚的爱情羁留于秦时明月，
起起落落的牵挂麻木了二月的玫瑰。
家总是出发的地方，
几角存放着幽怨的叠翠。
南方对望着那遥远的北方，
脚步隔着万重关山的溪水。

陌上又开满紫色风铃，
风铃韵动着发梢的红绳。
时间属于一生的等待，
四度空间梦里可有租赁的相拥。
远方被离别的海水灌满，
家浮在隐约的天地线，
那道优美的蜿蜒，
承载着心迹最圆的圈。

夜航

一半是夕晖一半是山，
长河烹煮着落日的脸。
跑道的冷却吞没了，
海市蜃楼，
几家灯火把海岸阑珊。

夜如约而来，
大幕降落安静的华盖。
力量喷着野火，
挥别着，
起程的豪迈。

草色只剩下一地秋虫，
皎洁忽略了银河的繁星。
右盘旋的铁翼闪耀绿色的灯，
夜航的pilot，
如同一只跋涉的山鹰。
灰白的云海迎合着月色的沉静，
闪烁致意着交错的远行。
安睡了的孩子紧握妈妈的手，
勇敢的心共振着，
马达的轰鸣。

城市一路连接着城市，
霓虹绚丽着霓虹。
距离没有远近，
就如雨后，
都会知道是泥泞。

高空飘来桂树的清香，
寂寞把嫦娥的落影拉长。
引力丈量着地面的胸怀，
兰舟摇曳，
在曼妙的河汉。

黑暗把时间说成夜，
阳光宽容了匀润的谎言。
速度骄傲地宣布，
今晚，
我属于地球的另一面。

在天高云淡的光阴里

人生有缘总可贵，岁月苦短当自珍。其实，一个人的心，可以很辽阔，但也很脆弱。纵然失去了暂时的方向，也无须迷茫。即使没有鲜花和掌声，也要坚持为自己喝彩。心的世界，原本是一片空虚，注定在跌跌撞撞的人生过程中获得或失去很多记忆，谁又能在残存的记忆里，找回真正的自己。离别经年，谁又能再一次归来。

来者，不可抗拒，归去，无需挽留。过去的年华，在烈酒中沸腾，升华，且将新火试新茶，诗酒趁年华。

石头的谚语

我是一块经年的石头，
深藏着男人的温柔。
你是天边飞来的一粒草籽，
羞涩着少女的矜持。

我无言萧索，
你皈依沉默。

千年后的一场夜雨，
打破夜的岑寂。
梳洗，破壳。
缠绕，抚摸。

醒来的我，
已是满身青萝。

忘却

我记住的事情，
应该很多很多，
但很多事情我确实已经忘记了，
就像对着冬季突兀的枝丫，
却模糊了春日的蓬勃。

人过了中年，
日头也滚过了山坡，
握紧着朋友的手总会感慨更多更多，
就像西风已经吹干了碗里的烈酒，
岁月蹉跎了我曾经热血的承诺。

一个人要抬多少次头，
才能看清上面的天空？
一个人需要几只耳朵，
才能听懂世间的哭声？
时光再次荏苒着，
一路梨花带雨的梦。
我只想对着夕阳说，
不是我收回了曾经的誓言，
只是想多留下些真诚，
把虚伪的焦灼的事彻底忘了，忘了，
对着静静夜空，

数落着星斗的间隔。

眼泪总是在，
不知不觉中慢慢滑落，
不是我不珍惜那一树一树的花开啊，
而是秋天的落木成熟了我，
在泥土里静静地思考着。

炊烟，
飘扬着柴火思索，
噼噼啪啪的痛苦换来了悠扬的洒脱。
微风轻轻拂过，
火苗早已经皈依了那飘逸的云朵。
碎地的光阴啊，反复折腾着沙漏，
一半是时间，一半又是经过。
经过了的都已经沉淀，
沉淀下的故事，
我已经开始慢慢忘却。

真水无香

洁白的云，
在毡房顶端飘荡，
经轮转动着信仰，
布达拉宫的角门飘动着活佛的衣裳。
酒馆，
依旧歌唱，
陀弥，
依旧颂扬，
仓央嘉措的《问佛》依旧迷茫。

我，
来自遥远的东方，
血脉通达着黄河长江，
皮肤黄黄，
长发闪亮，
黑眼珠聚焦着执着的坚强。

我，
一路在歌唱，
心中汹涌着青春的梦想，
吞下艰辛，
甩干眼泪，
青稞酒燃烧着快意的流浪。

我，

抚摸着石头的忧伤，

思念模糊了远去的古巷。

仰望山顶，

挺起胸膛，

风雨迷离着颠簸的远航，

真水无香。

老魏船长

白色的三角帆，
高耸的桅杆，
夕阳落下晚照，
老魏眯着智慧的眼。
圆圆的风圈，
漂浮着白线和红线。
孤独的沙鸥，
亲昵着旖旎的海面。
五缘湾的深蓝啊，
呼唤着不凡的白帆。
潮水涨起，
迎来厦门多情的夜晚。
喜悦的星斗，
闪烁了整个海面。
斑斑渔火，
淹没老魏船长黝黑的脸。

远行

又要远行，
拉低蓑笠，
一个人。
尘封了心迹，
挥别故园，
朦胧依稀，
看惯了江湖的滚滚尘烟，
也曾期待着人生会色彩斑斓。
月缺，月圆。
江枫，渔船。

无奈时看看长天，
惆怅时也曾雨夜无眠，
但人生亦然如离弦之箭，
一路向前，
今朝，明天。
无奈，伤感。

故事里饱含着驰奔的汗水，
男儿也从不因羁绊而愁眉不展，
长镜头拉近了父母的白发，
白发中读懂爹娘弯曲的挂牵。
半山中的我，

茫然眺望着前方迷离的风景，
风劲，雨乱。
大河，江山。
可我毅然跨步仰首，
那是因为，
一路上伴随我的你，
笑靥如花，
语轻步浅。

归来

我们回来了，
怀着越来越焦灼的渴盼，
如同烈日沙漠中蹒跚的旅人，
对于一湾清泉的思恋。
终于回来了，
简陋却一尘不染的小屋，
满是梦里千万遍熟稔的气息，
以如此亲切的姿态等待。
真的回来了，
话到嘴边的热烈倾诉，
却在客气生疏的寒暄声里，
一寸寸陷入过往的云烟。
我们回来了，
却用忘记来表达思念，
也许我是你再也无法承受的伤痛，
不忍想起却又不曾忘记，
那一场风花雪月的邂逅。
可还是忘了，
把岁月给我们的痛楚，
凝化成那双迷茫却善良的眸子里，
单纯执拗地迎接和期待。
如何面对，
记忆中那个明媚婉约的女子，

那曾经如此短暂的娇艳和温存，
那缱绻的似水流年。
飞行，天边，
执手，永远。
我们该如何回忆，
戈壁滩上孤寒的冷月清辉，
和岁月压在身上的所有苦难，
那分秒堆积的一万四千多天。
沙滩，烟台山，
毓璜顶，月亮湾。
大家终究还是忘了，
生活只剩下擦了又擦的飞行箱，
一遍遍被风雨模糊重新再写的诗歌，
和翻了又翻的日历牌。
其实大家忘了也好，
不会再有害怕、难过和伤害，
每天都有朋友间的短信如清风徐来，
每天都有希望存在。
就这样忘了吧，
用我们日日夜夜的守护凝望，
换取大家各奔前程的笑颜，
从痛悔到心甘情愿。
其实早就回来了，

哪怕路途真的很远很远，
我们一直都在山航[1]心里住着，
早已归来。

注：1. 山航即山东航空股份有限公司。

月亮湾

相逢轻轻，
如深秋的漂萍。
回首的明眸，
亦如夜空的星。
断断续续，
我我卿卿。

终于知道，
红颜为谁红，
为谁而曾经，
并不陌生。

妻子

总有一个人，
一直住在心底，
又相守在生活里。
总有一段情，
不知所起何处，
却绵长在日子里。

在你心里，
是否也有一个时间带不走的人，
就像我心里的你。
是否也有一段岁月冲不淡的美，
就像那年的深秋轻吻。

既然无法忘记，
我选择守候，
让我们那漫漫的旅途，
在怀恋中永恒。
流年，岁月，
此生不寂寞，
因你在我心底，
优雅一辈子。

绵羊

我是一只绵羊，
为了身边的她和她，
离开了我的家和家乡，
踽踽独行，郁郁回望。
她们，家乡，
世间的生灵们，
请别忘记，
除了我身上雪白的皮毛，
头上还有一双锋利的钢枪，
更有两道犀利的目光。
流浪，流浪，
何时会青草满仓？
家啊，家乡，
你和身边咩咩的羔羊。
踽踽独行，分秒不忘，
忧伤，流浪，
我是一只流浪的绵羊。

秋雀

秋日的午后，
北方凉意浸透。
候鸟早已南归，
可灰灰的秋雀却愣愣地站在枝头。
既然已经选择了寂寞，
就要和寒冷一起守留。

生活原来是这样

天蓝蓝，
青纱帐，
遍野逐飞蝗，
一地高粱。

小河还在，
流水，叶塘，
白杨逸风漫唱，
炊烟，村庄。

我，
热泪早已满眶。
别了，
梦中远去的故乡。
现实，伤，
现实，迷惘。
我很想把失去的找回来，
岁月，无奈。
我很想把丢掉的拿回来，
心碎，徘徊。
我很想把亏欠的补回来，
荒唐，狭隘。
也很想让你们幸福起来，
温馨，宁静，

健康，感慨。

男人的臂膀要坚强，
为她的家，
和家里的羔羊。
男人的热血要奔放，
为她的港湾，
和家族的辉煌。
男人的心胸要开放，
有容，
才能纳进整个生活的苍茫。
岁月啊，
渐渐改变了我们的模样，
可日久弥新的情感，
亦如大河流淌。
劫难，
曾使我和我们的家遍体鳞伤，
可凤凰浴火，
新生更加坚强。
不再彷徨，
不需再迷茫，
经过了，体味了，哭过了，
才懂得，
生活原来是这样。

思念

想，
是心底一道优雅的风景，
飞越茫茫人海，
只为那份真诚的感动。

想，
是思绪中一种别样的心境，
奔走天涯无际，
只为逃避那份醉心的伤痛。

想，
是芸芸众生里琐碎的回忆，
泪水追逐欢乐，
只为挽留住生命里那份永恒。

想，
是繁华落尽后感情的宿命，
耄耋倚杖听水，
只为尘封那份回归的宁静。

节点

二十年，
校园多舛的跋涉。
二十年，
社会蹉跎的捭阖。
终于迎来，
四十年的不惑。
透过车窗，
一片深秋的壮美入帘。
层峦红遍，
万山凌隽，
萧肃俨然。
是啊，
四十岁，
生命的节点，
也是魂魄的驿站。
仰望是九天，
俯瞰是地潭。
求索中，
多多承载着是思考。
凝眸里，
少少游离着是感叹。
忆年少，
意气挥斥，

成也释然。

看镜中，

乌发覆雪，

败也释然。

吹喇叭的老者

街头，
老爷爷吹着喇叭，
嘀嘀嗒嗒。
身边，
老奶奶静静地倾听，
一眼不眨。
微风，
轻舞着花白的头发，
悠悠如画。

施者落钱，
她如视而不见，
目光关切处，
是老爷爷额头上的珠汗。
我过而复还，
感动着老人的表演，
暖暖的黄昏暮恋。

不是归人，是过客

周末飞行至福州机场，看着起起伏伏的海浪，想到自己总是逆风起飞，逆风降落，和自然反向而行，反而微妙契合，不是一种拧巴的美吗?

又想起郑愁予那首名为《错误》的诗：

我打江南走过，

那等在季节里的容颜如莲花的开落。

东风不来，三月的柳絮不飞。

你的心如小小的寂寞的城，

恰若青石的街道向晚。

跫音不响，三月的春帷不揭。

你的心是小小的窗扉紧掩。

我达达的马蹄是美丽的错误，

我不是归人，是个过客……

出走

当孤独浸染的时候，
身边无你，
环顾良久，
怆然泪流。
既然一人欣赏不了寂寞，
何必决定孑然出走。

四月

想了一整个冬天，
终于走进了四月。
一片早春的油菜花，
点燃了乡野，
容易模糊了曾经的清晰，
就像牵着手却忘记了你。

昨夜梦里神给了几个词语，
挣扎着记下半句。
找遍盛世春光的尽头，
才知是孩子手里的画笔，
麦田春雨，
归燕和山溪。

丁香在月下看最美，
瘦瘦紫紫的穗儿，
在淡泊的幽香里想到人生的纯净，
放空而流泪的青葱岁月。

斑驳的午后拖着一地摔碎的光阴，
满河堤的柳林吹拂着感动，
轻轻触碰的温馨。
记忆中，

穿过手的那一瀑飘飘黑发。

粉红和雪白相惜了万年，
坚守着朴素的沧桑。
不是情人的牵绊，
是兄弟般的桃代李僵，
瞬间春意有了热血的穿越。

人间最美四月天，
四月天的月黄昏更美，
暗香浮动的梅，
盈袖的连翘，
都勾指着我诗意的右手。
我也仿佛找回了，
昨夜梦里遗失的盛世江南。

海浪

起，降，
风，海浪，
诱惑但不能，
因为我逆风前行，
你却总顺着风的方向。

洁白和深蓝

——献给山航20周年

飞翔是快的，
相比时间总显得很慢很慢。
像看着身边的孩子，
虽然已经长大了，
但是仿佛还在牙牙学语的昨天。
我们翻翻发黄的日历本，
唏嘘间，
已悄然跨越了世纪，
已经走过了七千多天，
白云依旧洁白，
天空依旧深蓝。
总感觉在昨天，
可走在外环东路的老员工，
已经是双鬓斑斑。
总感觉在眼前，
拉着那酱红色的大个的飞行箱，
在孤寒的街头，
步履蹒跚。

总觉似曾相识，
走在天宫花园里，
除了点头微笑，
再也认不出眼前的那些花花少年。

总想去故地看一看，
看一看，
曾经充满回忆和故事的土房十七间。
深秋的风，
耸动着骄傲的落叶，
如挥动着金黄的答卷。
迎风漫步在曾经寥落的机坪，
如今已挤挤满满，
处处喷薄着洁白和深蓝。
随风飞越神州大地，
弯弯曲曲，
弯弯曲曲，
我们已落脚了祖国的半壁江山，
处处闪耀着洁白和深蓝。
信步走在一处处崭新的公司基地，
大三角的航线布局已经初现倪端。
坚强的孩子啊，
你承载过分割和濒临破产的痛苦，
也经历过凤凰浴火重生的嬗变。
但是，
你又是幸运的宠儿，
举国看看，

那广袤的天际，
再不多见独立傲飞的洁白和深蓝。
厚重的山航啊，
你也有辉煌的过去，
更有灿烂的明天。
也一定会有从中型到大型，
从国内到国际的跨越式发展。
可是，
我们也要铭记，
骄人的市场业绩，
安安全全的二百万飞行小时。
那已经是从前，
从现在起，
立足当下，
志存高远。
我们要励志，
我们要向前，
我们要携手同心，
我们要风雨并肩。
为了祖国，
也为了齐鲁大地的父老八千万，
更是为了我们心中热爱的神圣的洁白和深蓝。

APEC蓝

深秋的燕山，
几度青黄，
几度绚烂。
几许叠重，
又几缕夕烟。
悠闲的云朵啊，
荡漾在深远的APEC蓝。
层林曾几度浸染，
山花也曾几度烂漫。
波澜壮阔的祖国和伟大的中华民族，
也曾饱经苦难。
可是，
请世界记住，
我们有炎黄子孙千千万，
也别忘了，
我们有灿烂文明五千年。
都知道，
我们也有沸腾的黄河长江，
智慧的轩辕挥鞭。
也请记住，
我们更有追逐世界和平，
和地球共同繁荣的夙愿。
所以，

我们用热血赢得了和平。
所以，
我们用勤劳推动了改革和发展。
所以，
我们用重墨挥毫着未来和梦想。
所以，
我们用汗水浇灌着亚太的大家园。
今夜，
北京礼花满天，
共存希冀的APEC船已经起航，
在波涛汹涌的太平洋岸边，
正举风帆。
今夜，
北京唐装再现，
千年前的祖国也曾引领世界之巅。
指点江山湖海，
辉煌无限。
今夜，
北京无人入眠，
我们是东家，
我们是主人，
泱泱大国的豪门盛宴。
大家畅谈和平，

共谋发展，
何管他魑魅魍魉把西风叫断，
顾影自怜。
啊，迷人的北国秋光，
深邃的蓝。
我为你深情满怀，
也为你诗意翩跹。
金黄的萧萧落木铺就了民族复兴的征途，
我们为你踮脚助威，
振臂呼喊。
坚韧的幽州十六郡啊，
正诱惑着全世界，
共同祈福着地球人们的大团圆。

啊，茫茫的太平洋，
你是和平的海岸线，
也是伟大的中国梦，
亚太梦的源头和驿站。
我们会记住，
我们应该记住，
深邃宽厚的北国天空，
永远的APEC蓝。

从容

天晴好，
乡陌秋色中。
碎尽铅华逐风流，
淡泊随心案头冗，
管他败与成。

真实的我

生活，
教会了我，
孤星寒风不失落。
困苦，
激励了我，
披荆斩棘永求索。
朋友，
感动着我，
一路烟花不寂寞。
红尘，
洗礼着我，
纵横捭阖终成昨。

我爱我的生活我的歌，
我爱我的成功我的错。
我爱我的坚强我的懦弱，
我爱我的从容我的本色。
我就是我，真实的我。
也曾泪流满面，
也会怕夜雨滂沱。
我就是我，真实的我，
也会努力奋斗，
也会追求宁静淡泊。

我就是我，真实的我，
游历于最美的海西，
和家乡古朴的北国。
我就是我，我唱我歌，
吟啸婉转悠扬，
真情气吞山河。

我就是我，真实的我，
铁翼沐浴高风，
落霭浸染长河。
我就是我，我唱我歌，
衣袂飘飘兰舟渡，
夜雨茵茵梅花落，
我就是我。

一脚踏空

——夜听汪峰歌曲《爸爸》有感

慢慢抬望，头顶深邃的夜空，
皎皎的明月在眼泪中再次朦胧，
淡淡孤寒的清辉袭来。
爸爸，
天堂是否也像今夜一样的清冷？

岁岁纸钱你可曾够用，
迷茫的我为何总看不清您的背影，
家中妈妈又郁郁掩上了门。
爸爸，
奈何桥头是否您还记得和妈妈的曾经？

我的歌声撕破了幽蓝的苍穹，
思念和离别再次让我热泪奔涌，
无可奈何蚀骨般的痛啊。
爸爸，
那边的世界遥不可及，要多多保重。

我轻轻摘落我的眼镜，
努力凝望天边那颗隐隐的星，
画面定格在那块诀别的可憎的白布。
爸爸，
您当时为何一语不发？

这样匆匆，这样匆匆。
我的理想穿越麦克风，
滴血的呼喊要把幽冥撼动，
如果有回往的路，
我一定紧紧抱住您，死死抱住您，
不再让我，不再让您，不再让妈妈，不再让我们的家，
一脚再踏空！

罂粟花的红

东方的微晕还未升腾，
战鹰的马达已经开始轰鸣。
风情撕裂早晨的天空，
惊醒的渡鸦有点懵懂，
努力回忆着昨天的事情。

仿佛松开紧握的小手才几秒钟，
夜色里又要搜寻她的背影。
茫茫黑暗苍苍，
妖冶的鬼魅摇响离别的钟，
孤独背着西风。

呼吸定格在优雅的无香中，
淡定催促着罂粟花的红。
眼神曾几度闪动，
诱惑着上辈子的朦胧，
似曾相识并不陌生。
无言引来了久长的沉默，
岑寂渲染着即将分手的痛。
看看头顶翩然飞过的流星，
可否帮助带走这世纪的感动，
让悠然的触碰记住再会时的相拥。

羁旅那么重，命运如浮萍，
人生无奈中的呼喊亦如飘曳的蒲公英，
一阵阵清香袭来，
幻觉又拥她入怀中，
一任周围开满罂粟花的嫣红。

打马走过

草原的鹰群抬来上帝之鞭，
地球的东方一片火焰。
死命的奔驰淹没了马蹄的乱，
朔风凛冽着蒙古汉子的脸。

清泉荧惑出铁弓的微暗，
弯刀血浸着阴寒。
目光傲观亚海和欧山，
打马走过亘古遗篇。

猎猎旌旗消遁在天边，
身后是莽莽青色的呼喊。
母亲的奶水孕育着生机的草原，
坠落是将士瞬间的留恋。

过了八百多年，
为何海还是海，田还是田？
打马走过的孑孑独行，
常使我热泪泛滥。

悠扬的马头琴忘记了帝国的绚烂，
白云皈依了蓝天的蔚蓝，
绿草也尘封了英雄的铁鞭，

鸿雁飞进了胡天。

雄鹰千年还游弋在孤寒的高原，
洁白的帐篷还在艰辛地流转，
迎着打马走过的疾风，
我再次把烈酒斟满。

晚装

傍晚，
我匆匆飞到天上，
揖别云的晚装，
红色依偎着锦瑟的夕阳。
眨了下眼，
仿佛到了四世纪的秋天，
飞翔的剑龙拖拽着一缕残烟，
大地被隆隆的雄壮驱赶。
我压着方向舵左转，
飞机却向右开始了盘旋。
原来西天是一片美的混乱，
诱惑着我的安全。
还是俯冲，
穿过那片幻化的云层，
就像逃离白垩纪的天空。
人间到了暮色下的安静，
飞机还在海面滑行，
低头又思索水下的苍穹。
还是蔚蓝，
只是不再汹涌。
鱼儿到了夜晚，
侧身观赏天上的星星。
几万年前的祖先，

为何变成了海百合和贵州龙?
黑色被刺了一道霓虹，
一滴海水顺势爬上了云顶，
满头大汗地观望，
云装的T台已经休停。

冬日的鸟巢

越鸟去了南方，
空巢突兀在北方的树上。
日头落山，
没有了幼鸟的歌唱。

空房失去了主人，
北风诱惑着它的坚强。
层层叠叠，
枝丫搂紧了肩膀。

树皮更加干裂，
空山拉长了夕阳。
溪水褪了色彩，
鸟巢的落影依旧如春花绽放。

树叶绿了又黄，
鸟巢也是温了又凉。
夏日承载过群鸟的欢欣，
冬季又覆盖了一季的苍茫。

鸟巢隐蔽在了皑皑白雪中，
自由了一群失去方向的风。
偶尔滴滴答答地融化，

打破落叶沉睡一冬的梦。

车子驶进了深山，
呆望着候鸟的旅馆。
目光闭了又开，
搜寻着我模糊的童年。

一只灰雀飞来，
画面有了新的延展。
一座自然的家园，
不只是枯枝的羁绊。

谷草从巢里散落到地面，
鸟蛋仔已经学会了飞翔。
虽然没有长出羽毛的翅膀，
可我依旧坚持遨游在天上。

家成了出发的地方，
鸟巢在秋风中安详。
用力撑起的柔情绵绵，
幻化成孑孑等待的归航。

仰头数落着鸟巢的斜横蔓蔓，

仿佛又看到祖父褶皱的脸。
疲惫的眼泪早已经泛滥，
这时儿歌从天际传来：
“树梢一个碗……大雨下呀下不满……”

回家

右侧的车窗照进了夕阳，
我才知道了回家的方向。
远远的北方，
心里的爹娘。
近近的文字，
我跣足的流浪。

旷野烘出了傍晚的印象，
我仿佛看到村头的张望。
紧紧的激动，
她的安详。
微微的湿润，
热泪记录下那经年的回想。

身边的座友是个孩子，
我就如十年前的青盲。
暖暖的气息，
她的奶香。
静静的目光，
她的悠扬。
无奈感味着我一路的彷徨。

夜色渐渐拉上了黑幕，

我闻到了柴火的饭汤。
飘飘的炊烟，
如乾卦向上。
浅浅的波纹，
如坤卦滋养。
厚德指引着基因的梦想。

下裳上衣

向往一天的苦旅，
上衣婆娑下裳褴褛。
东山顶上哪年修的庙宇，
蛛丝努力网罗着清晨的空气。

东方鱼吐出永不破灭的气泡，
温暖烘焙着脊柱的凸起。
一根白发拔萃出了艰辛生活，
岩石的泪水坠落到几亿年前的海底。

小鸟的粪便里长出了牵牛花，
呼噜呼噜地爬上了峭壁。
羡慕着落日和远山的交会，
一片夕阳掉进手里。

憋足暮色里最后一口气，
月儿诡秘地轻轻飘起。
昏暗瞬间成了主角，
淹没了我的下裳上衣。

枯枝胡乱在夜里作画，
风和落叶摩挲着憨厚的泥巴。
一只梦游的黑鸦晃了晃脑袋，
倏地飞出了山崖。

道路

从前飞翔，
一起一落，
清清爽爽，
绕着飞机转一圈。
看着野花，
满满的青草香，
飞机的logo简洁，
白菜凤凰。

空气真干净，
绕着妈妈的纺车，
是螺旋桨的嗡嗡声。
懒懒的，
半天才追上一朵云，
谁也没什么心事。

现在飞翔，
一起一落，
惟恍惟惚，
低头抬头几乎连轴转。
机坪都是热量，
草都烤黄了，
一绺一绺黏在一起，

机轮冒着青烟，
再没心情看云了。

心如闪电般着急，
无奈叹口气，
也是放松吧。
肚里浸透水泥，
夕阳拖着坠落的红，
盗窃一样，
不知名的星星瞪着眼睛。

一路向西，
迎着向东吹的风，
路是非常道，
无中生有一样，
阻力是自由找上门。

故事藏在玉龙雪山，
谁在转世？
谁有百年？
鸟儿也在追问高原。
道路在半空，
呼吸总在飞奔，

云朵是航路的驿站。
有时也伤心，
淋湿整个夏季的天空，
无法回头，
一箩筐外婆的荠菜芽，
不再有简陋的梦。

江湖夜雨十年灯

在生活中，寂寥落寞的美，或是苍凉残酷的美，有时候会更让人感慨岁月苦短，如席慕蓉笔下的渡口：让我与你握别，再轻轻抽出我的手，知道思念从此生根。年华从此停顿，热泪在心中汇成河流。再如苏东坡笔下的生死阔别：十年生死两茫茫，不思量，自难忘。千里孤坟，无处话凄凉。眼前是空山中的归鸦和灯火，枯溪和苍石，心中有雪打劲松深闭门的压迫感，寒山更显静谧诡异，风歇月愈清。

南山冬晚万籁寂

大山深处的落日之美与山溪苍石往往相映成趣。

冬日临近，我喜欢一个人缓步走入空山，寻一方衰草，席地就坐，望着远处的寒烟叠翠，静听着老树皮渐次开裂的声音，独自惆怅。

万籁俱寂，清风平息，林中的兽沉沉入睡，大自然的呼吸与我同频。岩石屹立千年，历经过世事的风雨。曾经的沧海，现在的桑田，我观望，思索，沉默着，领悟着，没有唏嘘，没有感叹。

天净沙·残垣

故乡，老房，旧村。
燕去，泥落，丝陈。
矮墙，狸猫，黄昏。
烟柳斜横，
雨打梨花闭门。

飞越鼓浪屿

粼粼波光海西渡，
秋水含烟渚。
寂寞沙鸥逝芦苇，
白帆点点，
西风吹。
欲等日落观夜潮，
怎奈雄鹰缥缈。
转瞬云端意逍遥，
俯瞰鼓浪屿，
晴方好。

白月光

重阳过后，
凉露滋衣，
江湖秋水涨起。
青天无纤，
玉轮如盘，
高风吹送万里。
江月年年照故地，
年年江月伴乌啼。
夜深更重，
更深夜静，
一派皎洁天地。
朔是缺，
望为满，
旋转乾坤泰否。

鸟瞰金门岛

左手厦门右台湾，
半是斜阳半是山。
脉脉海峡静如练，
一任秋水共长天。
同肤同色同州县，
近代操戈有篱藩。
几多沧海桑田事，
潇潇中华大家园。

如梦令·远航

不舍旧梦曾经，
日暮千帆相竞。
海天苍茫处，
夕阳接水正红。
画中，画中，
鸥鹭背对西风。

如梦令·南普陀听海

夜来忽闻风急，
涛潮接天云低。
起身听僧语，
惊动一院陀弥。
心悸，心悸，
观音岿然微闭。

江湖

西风已吹干盛着烈酒的碗，
谈什么的情长，
说什么的气短，
无热血何以成江湖，
无残阳难以舒苍山。
夜雨下，
听芭蕉呜咽，
闻丁香幽怨。
梦中常驻枫林寂寞，
醒来仍是名利哗然，
幡然轻叹。
生命可溯几十年，
但多乎是苍白，
少许是留恋，
唯真情如石，
相守如磐。

江湖忆项王

身居闹市江湖中，
热血易平心难平。
常梦江枫系白马，
一蓑烟雨馈余生。
酒醉亦会题旧诗，
乡愁也会泪蒙眬。
男儿应做英雄事，
渡走骓马别父兄。

南山冬晚

岑寂满空山，
水落石出涧。
斜阳溪边落晚照，
寒鸦数点。
岩高松擎天，
疾风亏庙幡。
灯火隐隐阑珊处，
几家柴院。

深秋太阳树

暮云归尽凉初透，
绿消溪落石出头。
夕烟匆匆日渐短，
柿果累累待霜偷。

曾怀年少沽酒，
午后登台闲愁。
漂泊无边寂寞，
梧桐一叶知秋。

仲秋

扶摇万里云通透，
玉盘悄转又仲秋。
寂寥缥缈仙人醉，
平分月夜静西楼。

春夜宿泰山

梨花初放绿叶小，
旧事知多少？
天涯霜雪几度过，
心挂白发翁媪。

春幡步履轻轻，
吹皱一池青萍。
欲揽岱岳风骚无尽，
西楼月色已浓。

南国凭栏

沉醉难放案头冗，
海西登台沐早风。
虽有小成更矜矜，
最怕众卿忘伶仃。

满目河山空念远

岳飞有词曰："壮志饥餐胡虏肉，笑谈渴饮匈奴血。"李清照也曾留下名句："至今思项羽，不肯过江东。"这是怎样的一种悲壮情怀！西楚霸王在生命的最后一刻，让船家渡走乌骓马，拜别江东父老，孤军作战，直至战死。一次生死抉择，让人明了自己的取舍。历史长河中，有人为伟大的理想奋不顾身，有人为留存气节不惜付出生命，流光易把人抛，前事淡如云烟散。今朝应记取，满目河山空念远，落花风雨更伤春。不如怜取眼前人。

柳暗待花明

前后左右苦遭逢，
春雷涵韵虚太清。
十年铸成游龙剑，
莫问青干随晦明。

常怀小众悲零落，
千金一诺终有凭。
宁做项羽渡骓马，
不学刘邦竖子名。

清平乐·春

透过柳绿，
一川杏花乱。
坡上细鞭催耘耕，
谁家溪边洗浣？
夜半酥雨破萍，
海棠红消绿盈。
思念恰如春草，
复醒更加葱茏。

紫色风铃

窗外又落起了雨，
轻轻敲和，
像紫色的风铃呓语。
十年前的那个夏季，
同样的思绪，
同样的雨。
那件浸水的红豆衬衣，
默默的我，
幽幽的你，
定格在房檐下那潮潮的空气里。

离别的汽笛隐隐响起，
脚步浅浅，
身姿纤纤。
泪花里的风铃，
水花里的记忆，
一生中的美丽。
雨和风铃，
我和你。

卜算子·故园

醉眸浅生郁，
西楼只影零。
幽幽伊人舞长袖，
杯尽东窗明。

屈指春应至，
奈何身如萍。
讷讷细问邻家燕，
故园可落红？

梦回大唐

夜读唐书浅入眠，
悠梦飘忽到秦川。
玄武门前兵正举，
大圣女帝碑无言。
贞观开元终天宝，
马嵬坡前祭玉环。

晴朗

君若相问未先闻，
桃代李僵数度春。
何当不惧蓬山远，
淡泊逍遥杏花村。
暴风过后云缱绻，
鬼魅魍魉亟消遁。
风雨人生伴风雨，
沧海一声笑昆仑。

天净沙·路上

素颜，素装，素行，
风来，风去，风轻，
曲高，曲寡，曲终，
真水无香，
烟火人间真情。

四季桂花

开了又落，
几度？
落了又开，
无数。
我近脸捧枝，
人离香如故。

悟

菩提归隐，
尘缘了断，
悲喜嗔痴一百年，
青丝绕醉红颜。

往事如烟，
难忆故园，
是非成败一挥就，
谁人永圣贤？
喟叹长天，
嫦娥忧怨，
纵桂酒香浓，
难解风情无限，
梦回四月人间。
唉，
空凉月宫，
拼上一醉，
衣袂飘飘下凡寰。

夏日清晨

炙阳东浮酒乍醒，
感时心绪杳难平。
乱花冷落难成艳，
一半深绿一半红。

又见中秋月

又是一年中秋，
窗外银河如昼。
桂树影婆娑，
吴刚倾酒。
寂寞嫦娥弄袖。
谁人郁郁独愁？
金缕划袜登楼，
应是李后主。
胭脂泪流，
故国明月邂逅。

轮回

人本沧海一孤零，
因果轮回几曾经。
笑问莲花佛何语，
满树青杏别春风。

杨花点点离人泪

亲恩难忘，如月盈必缺。

祖父危殆弥留之际必有所想，但我更痛他为何匆匆赶往死亡？不是因为对现实的绝望，更不是渴望来世的重生。在深深浅浅的岁月里，你无法再承受肺病的折磨，撒手人寰，留下我一世泪流。祖父已逝世多年，但我们岁岁都在梦里倾谈，谈那些荒烟蔓草的往事，可是梦醒之际，哪有什么归舟可见，除了热泪，终究只剩一场荒芜的等待。

清平乐·清明

新土轻扬，
哀思结寸肠，
奈何桥头终难忘，
岁岁纸钱迷茫。

常忆故园春旺，
一树梨花海棠，
先祖农闲插柳，
人逝绿荫满岗。

祭思祖父

坦坦荡荡天地间，
死生茫茫若云烟。
江湖夜雨一蓑衣，
天涯仗剑气啸汉。

谁道先祖早逝远？
岁岁相遇梦阑珊。
冥冥故园花春雨，
执手笑看邻家燕。

离人泪

西楼月，
如影随，
人醉空余杯，
春色趁早观翠微。
好久不见，
好久不见，
尽是离人泪。

两地书

相濡十年弹指间，
扁舟一叶共悲欢。
远足天涯常为客，
泪眼双赤语中咽。
月挂角楼夜风急，
枝丫婆娑映窗西。
愁思万缕难成梦，
凝望银河寻七夕。

团圆

西风又起天微凉，
一叶梧桐夜负霜。
红伶推窗阑珊碎，
夕阳穿篱，
秋来闲是最。

酒尽登台北看，
高空万里孤雁。
兄弟分别经数年，
归期无讯，
他乡同望月圆。

雨夜北京

黑发掩慧绕指柔，
幽怨醉却蒙眬。
原知万事转头空，
铅华洗尽后，
酒罢人孤行。
灯火隐隐阑珊处，
雨丝幻作流萤。
缘起缘又灭，
为谁心事重？

感殇

一个眼神，
时常使我热泪盈眶。
一剪背影，
时常使我百转柔肠。
一纸片言，
时常使我魂牵梦绕。
一声问候，
时常使我如沐春光。
近来也常听人说：
人生不易，且行且珍惜。
近来也常听人叹：
世事无常，冷暖自己知。
近来也常听人讲：
生意永恒，没有永远的兄弟。
近来也常听人哭：
大难临头，夫妻分飞如林鸟。
今人，今天，金钱，
某要员，鲸吞亿万，
某老板，妻妾三千。
古人，古代，故事，
介子推，割股啖君，
楚霸王，乌江自刎。
怎样的一个轮回，
造成怎样的一个社会？

重阳

岁岁秋风菊再黄，
年年九九又重阳。
千载相河长流水，
棋子不语忆项王。

岑寂的深秋

秋风漫过，
留下一地的金黄。
落叶无序，
孤村枯溪绕清凉。
最不堪，
东篱黄昏冷雨，
残茶煮病酒，
闭门暮钟又响。

夜航云中感喟

塞北霜雪江南风，
春秋几度驾云行。
抬望苍穹星拱月，
俯瞰万家灯火明。

屈指经年四十过，
一蓑烟雨芸芸中。
总叹流光催人老，
须臾韶华已曾经。

战鹰

二十载铁骑相伴，
风云叱咤。
八千里雪舞长风，
戎马生涯。
冒酷暑南海擒鳌，
拉弯弓大漠射雕，
任霜雪染双鬓。
枕戈待旦，
为祖国守疆土，
驱逐狼烟。

战友重逢

兄弟相聚虽有期，
为何总欲跨白驹？
年少同剪蓝天梦，
烈酒东风舞战戟。

故园已别十万里，
执手相送泪沾衣。
金戈铁马卫家国，
一百罗汉醉蜀西。

铁翼醉舞绘蓝天

时光荏苒，真如白驹过隙，岁末唏嘘，岁初感慨，年年岁岁花相似，日月轮回，乾坤流转，岁岁年年人不同。我们一路风尘，沉默抑或啸吟，都是在时间的光华中体味着生命的感动与无常。无言的眼泪也会浸染着世事的沧桑。于我们芸芸众生而言，时间的历练就是修德，就是人生圆满、事业成功，更是生命的永恒。

黎平[1]印象

千沟万壑黔东南，万木葱茏近云天。
八舟河畔风光美，侗族大歌一脉传。
血战湘江人过半，胡荣顺馆[2]毛为贤。
先辈归去容犹在，幽幽千古万世瞻。
今朝华夏立高远，千里险途走泥丸。
跪乳羔羊反哺鸦，佑护老区心愈甘。

注：1. 黎平地处黔东南湘桂黔交界处，地形复杂，有八舟河原生态旖旎风光和侗族大歌的奇特映像。1934年12月，红军血战湘江失利，人损过半，转驻黎平县城。28日召开政治局会议，确立毛泽东的军事领导地位，为遵义会议的战略性转折打下坚实的基础。今华夏航空以破冰之旅开辟贵黎航线，打通了封闭数年的天险通道，为老区人民带来商机和福音，同时也印证了“华夏航空服务华夏”的价值理念。

2. 黎平会址原为胡荣顺馆。

夕烟常家

五台下来入晋刹，
虔诚修来万顷家。
千年枣树傲流光，
静听常祖话古茶。

岁岁过后又年年，
荣辱兴衰画中画。
耄耋珍惜余晖勉，
怎让白发负烟霞。

南非游桌山

千仞桌山一平面，
两洋冷暖此地间。
孤岛囚雄数十载，
问鼎南非九四年。

游好望角

浪高风急水连天，
欧亚商贾祈命帆。
直望南极六千里，
孤灯老塔五百年。

重阳·黄河

今又重阳，
岁岁重阳。
透过窗，
无限寂寥，
落叶兹兹挥别秋光。

后山俯瞰城北，
一曲浊水东上。
几千年风流尘往，
无人能左，
只留西霞落霭，
北风清凉。

人生不如意，
十之八九，
更何堪今世苍茫。
感恩滂沱夜雨，
添我敬畏。
感恩兄弟手足，
正我彷徨。
也感恩困苦磨砺，
强我心智。
最感恩生命缺憾的背后，
那一抹夕阳。

临江仙·黄河

——献给祖国65周年华诞

一路西飞十八弯，
恭贺祖国华诞。
离奇曲折六五年，
热血沃疆土，
红旗漫夕烟。

俯瞰壶口浪滔天，
母亲骁勇震撼。
习总挥手腐鬼散，
蚊蝇瑟瑟去，
恶虎情不堪。

厦门印象

三角梅花似火，
一路蒲葵蓬勃。
鼓浪屿岛听水落，
经颂南山普陀。
常思酒令茶趣，
暮年皈依菩提。
如若尘缘结海西，
定将驾鹤武夷。

济南初春

昨夜南风度历山，
春波岸草复含烟。
诸泉相戏池边柳，
哝哝啾啾燕又还。

如梦令·晨游西湖

不舍西湖晨露，
细雨白堤漫步。
水波雾缥缈，
轻舟悠悠闲渡。
柳色，荷塘，
燕儿双飞双宿。

秋思

云尽寰宇净，
日满又仲秋。
丹桂飘香落九天，
万山红叶初就。
谁人喁喁独愁，
窗外银河如昼，
应是李后主，
吟咏上西楼。
玉瓶倾，
复满酒，
觥筹左右，
追忆阑珊难抑，
何况故人邂逅。
他乡夜露霜重，
兄弟勿忘，
薄衾换轻裘。
想，
四十年混沌南北，
亦幻，亦真。
感怀切身，
年华唏嘘白头。
眺望长空，
旖旎似缎绸。

再掬清水一瓢，
借醉意缥缈，
邀宫阙嫦娥，
梦泛兰舟。

暮春南部山区感怀

暮春四月南山后，
一蓑烟雨忆旧游。
不觉潸然泪落下，
又是往事上心头。
乱花飘白雪满川，
低头登高独凭阑。
绿水徘徊东依旧，
新枝瑟瑟拂面来。

飞越普陀山

达摩芦苇追西风，
我舞铁翼醉长空。
拨云打望千百纵，
观音捻柳佛光轻。

倾城

正值海西初冬，
月送芒辉微冷。
风乱云娥鬓，
靓妆轻叠数重。
从容，从容，
明眸流盼倾城。

同在蓝天下

长空醉舞二十年，
为求知识自催鞭。
曾伴郎王话寂寞，
今抱桂酒过秦川。

铅华洗尽观阡陌，
风霜蓓蕾桃李欢。
难酬壮志爱纸墨，
铁翼做笔绘蓝天。

山航廿年

廿年，
弹指一挥间，
聚了肝胆，
散了云烟，
铁翼醉舞蓝天，
更炫。

廿年，
奔牛自催鞭，
砥砺前行，
风雨灿烂，
相顾秋了双鬓，
无言。

廿年，
齐鲁雁梦圆，
扶摇玉宇，
鸟瞰青山，
嫦娥寂寞弄袖，
祈愿。

廿年，
展望新画卷，

运筹帷幄，
希冀涨满，
跨海越洋风行，
眼前。